LA

GUERRE D'ORIENT

POÈME

EN HUIT CHANTS

PAR LE Dʳ JONQUET, DE MONDOUBLEAU

PRIX : 75 CENT.

SE TROUVE :

AU BUREAU DU JOURNAL DE LOIR-ET-CHER

Rue du Poids-du-Roi, à Blois

ET CHEZ TOUS LES LIBRAIRES DU DÉPARTEMENT

1856

LA

GUERRE D'ORIENT.

$I b^{56} * (574)$.
rappel

Ye

U606.

LA

GUERRE D'ORIENT

POÈME

EN HUIT CHANTS

PAR LE Dʳ JONQUET, DE MONDOUBLEAU

Pʀɪx : 75 ᴄᴇɴᴛ.

SE TROUVE :

AU BUREAU DU JOURNAL DE LOIR-ET-CHER

Rue du Poids-du-Roi, à Blois

ET CHEZ TOUS LES LIBRAIRES DU DÉPARTEMENT

1856

PRÉFACE.

Pendant que les traités de 1815 abandonnaient à la Russie la souveraineté morale de l'Europe, le Czar Nicolas, fidèle à la politique envahissante de ses ancêtres, accroissait par tous les moyens sa puissance matérielle. Ses citadelles de Cronstadt, de Bomarsund, maîtresses de la Baltique, se dressaient comme une menace perpétuelle contre les peuples du Nord, et ses forteresses de Sébastopol, dominant la mer Noire, étaient des volcans prêts à lancer leurs laves dévorantes sur les riches contrées de l'Orient ; la Pologne n'était plus ; le qui vive des sentinelles moscovites sur les bords du Niémen faisait trembler la Prusse ; l'Autriche, sur laquelle le colosse se penchait pour mieux épier l'Occident, n'osait faire un mouvement de peur de l'irriter ; et lui, dans son insatiable ambition, forgeait des armes, fondait des canons, entassait des montagnes de projectiles et guettait le moment propice pour lancer ses armées sur les Balkans et ses flottes dans le Bosphore. Confiantes dans le faux équilibre européen vanté par leurs diplomates, la France et l'Angleterre restaient indifférentes : celle-ci, absorbée toute entière dans son commerce et son industrie, négligeait ses approvisionnements militaires et ses armées ; celle-là voyait tous ses efforts se stériliser dans les luttes oratoires de la tribune et les drames populaires de la rue. Un jour, semblable au phénix qui renaît des cendres de son bûcher, l'aigle impérial sortit radieux du foyer révolutionnaire, et, portant le rameau d'olivier, vint abattre son vol sur le drapeau des Tuileries ; ce jour là le Czar, convaincu que le nœud, déjà si faible, qui unissait Paris et Saint-James, allait se lâcher encore, crut son heure arrivée ; il fit fouiller les cartons de sa chancellerie pour en exhumer un prétexte de guerre : le traité d'Andrinople le servit à souhait et la question des Lieux-Saints fut soulevée. L'empereur Napoléon, trop sage pour jouer la paix du monde sur une clé de sacristie, fit toutes les concessions compatibles avec son honneur et l'affaire reçut une solution pacifique. Déçu de son attente, le cabinet de Saint-Pétersbourg invoqua une fausse interprétation du traité de Kaïnardji, et son insolent ambassadeur, forçant les portes du Sérail, exigea du Sultan une signature qui était une abdication morale. Sur le refus d'Abdul-Medjid, les hordes moscovites franchirent le Pruth et plantèrent leurs bivouacs sur le sol de la Moldo-Valachie ; la France jeta le cri d'alarme, mais l'Angleterre, trompée par la forme religieuse du conflit, n'entendit pas ses plaintes ; il fallut que le canon de Sinope déchirât le voile devant ses yeux; alors les deux pays oubliant leurs vieux dissentiments, se tendirent une main amie pardessus le détroit, levèrent le drapeau protecteur des nations et jetèrent leurs armées sur les champs de batailles !... Voilà la grande et sublime odyssée dont nous entreprenons la rapide esquisse ; cette faible production n'est point une œuvre littéraire, mais un sympathique tribut d'admiration que nous payons à notre brave et généreuse armée d'Orient, avec l'espoir que cette grande épopée trouvera quelque jour un chantre digne d'elle !

Dʳ JONQUET.

GUERRE D'ORIENT.

CHANT PREMIER.

Invocation. — Le czar Nicolas. — Son monologue. — Apparition
de Pierre-le-Grand. — Discours du fantôme. — Coup-d'œil sur
l'état de l'Europe.

O toi, qui des héros, des peuples et des temps,
Tiens dans ton livre d'or les fastes éclatants :
Histoire, ouvre à mes yeux tes plus récentes pages ;
Passons sur les exploits qu'ont vantés d'autres âges,
Mais fais-moi le récit de ces luttes d'hier,
Luttes où le vaincu succomba grand et fier,
De ces assauts sanglants, de ce vaste incendie
Dont la cendre qui reste à peine est refroidie ;
Raconte ici comment, désertant leurs frimats ,
Les phalanges du Nord ont cherché les combats ;
Dis quel fut ce géant, qui, voulant dans son rôle,
Du poids de l'univers charger sa large épaule,

Mourut sous le fardeau ; comment d'un arrogant
La France et l'Angleterre ont relevé le gant ;
Peins l'immonde fléau qui décimait l'armée,
La tempête ébranlant les rochers de Crimée,
Nos immenses travaux, ouvrages de Titans ;
Dicte les noms des chefs et ceux des combattants ;
Montre l'aigle changeant, dans son vol héroïque,
La foudre vengeresse en rameau pacifique.
Nos enfants étonnés, autour de l'âtre assis,
Pourront-ils croire vrais tes magiques récits ?. . . . .

Sur la Newa la nuit a déployé ses ombres ,
Et la cité des Czars, sous les cieux froids et sombres
Plonge son front hautain de frimas couronné ;
Partout le couvre-feu dès longtemps a sonné ;
Tout dort dans Pétersbourg ; l'immense solitude
Succède au bruit confus que fait la multitude ;
On n'entend que le vent et sa stridente voix ,
Que le bruit des grêlons bondissant sur les toits ,
Et le pas cadencé des patrouilles alertes
Qui réveille en sursaut l'écho des rues désertes.
Les nobles courtisans, par le maître éconduits ,
Goûtent dans leurs hôtels le doux charme des nuits !
Qu'ils reposent ce soir ! qu'à cette heure propice
Des contraintes de cour leur âme s'affranchisse !
Demain dans l'*Invalide*, officiel journal,
Ils liront en tremblant l'ukase matinal. . . . .

Un seul homme est debout à cette heure avancée :
Ses regards, reflétant une vaste pensée,
D'Arkangel à Tiflis se promènent distraits :
Cet homme, c'est le Czar ; autour de son palais

Son insolent orgueil fait graviter le monde ;
Dans son sein satisfait ce monologue gronde :
« Je suis le Roi des Rois, le Destin l'a voulu ;
» Sur trois grands continents, autocrate absolu,
» L'Europe m'a laissé , sans oser contredire,
» Tailler avec l'épée un gigantesque empire ;
» Quand les peuples râlaient sous ma botte abattus,
» Sourds aux gémissements tous les rois se sont tus,
» Moi, Pontife et César, aux yeux de ces pygmées,
» Faisant de temps en temps miroiter mes armées,
» Par leurs ambassadeurs, dans le sein des congrès,
» Je fais enregistrer mes suprêmes décrets :
» Ma vaste ambition est enfin satisfaite !
» Elle est belle la part que le glaive m'a faite.
» Ma puissance n'a pas d'égale en l'Univers,
» Et plus du tiers du Globe est rivé dans mes fers ;
» De la mer glaciale aux rochers du Caucase
» Les peuples n'ont pour lois que mon superbe ukase ;
» A l'aspect de mon knout tout frissonne à la fois
» Des confins d'Allemagne à l'Empire chinois,
» Et mon pied, de Behring dédaignant les limites,
» Foule au sol de Colomb le sol des Moscovites.
» Quand des rochers du Nord, où son aire est perché,
» Mon aigle tient le monde à sa serre attaché ,
» Au sommet des grandeurs j'ai porté les Russies !
» Ombres de mes aïeux vous êtes obéies !. . . . . »
    A peine le monarque achève-t-il ces mots,
Que, déjà, secouant la poudre des tombeaux,
Un fantôme, géant à l'aspect athlétique,
Se dresse aux yeux du Czar, et d'un ton prophétique

Dit : « Fils de Romanoff, je suis Pierre-le-Grand,
» Je connais la valeur de ton bras conquérant ;
» Je sais que ta vengeance, après s'être assouvie,
» A fait dire aux échos : l'ordre est à Varsovie !.....
» Quand au congrès de Vienne, avec quelques félons,
» Ton poignard dépeçait le cœur des Jagellons ;
» Que ta chancellerie avec art enveloppe
» Les plus fins Metternich des États de l'Europe ;
» Je sais que ton audace affrontant les hasards
» A reculé bien loin la frontière des Czars ;
» Qu'un jour ta politique écrasant les provinces,
» Fustige les sujets pour complaire à leurs princes,
» Lorsque le lendemain, au mépris de leurs droits,
» Elle pousse la plèbe à l'insulte des rois [1] ;
» Je t'ai vu, quand gonflés, les torrents populaires
» Brisaient comme un hochet des trônes séculaires,
» Toi, bravant la tempête et les vents d'Occident,
» Apaiser leur courroux d'un coup de ton trident.
» Entre, invincible athlète, entre encore dans l'arène,
» Le gland que j'ai semé va devenir le chêne
» Qui doit porter son ombre à tout le genre humain ;
» A travers les Balkans te frayant un chemin,
» Montre aux enfants d'Omar tes aigles solennelles

---

[1] On lit dans une instruction authentique, donnée par le Czar Alexandre Ier à l'amiral Tichakoff :
« Employez tous les moyens possibles d'exalter les popula-
» tions Slaves pour les mener à notre but... Attisez les mé-
» contentements des habitants du Tyrol et de la Suisse contre
» leur gouvernement actuel ; les Hongrois nous offrent aussi
» un excellent moyen d'inquiéter l'Autriche et d'affaiblir ses
» ressources, etc.   (*Mémoires de l'amiral Tichakoff.*)

» Et va prendre à Stamboul la clé des Dardanelles;

» Alors, maître du monde, empereur souverain,

» Tu tiendras l'univers dans tes chaînes d'airain.

» Au livre du destin j'ai lu ton horoscope,

» Marche sans redouter les clameurs de l'Europe :

» L'Autriche, qui te doit son trône raffermi,

» Ne peut, sans impudeur, te voir en ennemi,

» Et la Prusse est à nous ; jamais son bras timide

» Ne lèvera sur toi le glaive fratricide ;

» A Francfort, nos amis, dirigeant les débats,

» Te feront un rempart plus sûr que des soldats ;

» Les monarques du Nord ne peuvent faire ombrage,

» Copenhague est à toi par le droit d'héritage ¹,

» Et la cour de Stockholm sait que sur les Suédois

» Par les Holstein-Gottrop la Russie a des droits ².

» Que l'Angleterre soit ou ne soit pas propice,

» Qu'importe ? ne crains pas sa puissance factice ;

» Quoique leur pavillon couvre les Océans,

» Les Anglais ne sont pas un peuple de géants;

» Quels sont donc les exploits gravés dans leurs annales,

» Sinon du Prince-Noir les histoires banales ³ ?

---

¹ Le traité de 1852 réserve à la branche des Holstein-Gottrop de Russie l'hérédité du Danemarck, à défaut de successeur masculin dans la branche de Schlesvig-Holstein-Sonderburg-Glucksburg.

² Charles XIII, de la famille des Holstein-Eutin, contraint d'abdiquer la couronne de Suède, se trouvant sans héritier direct, adopta Christian-Auguste de Schlesurg-Holstein, qui mourut subitement ; alors la diète d'Orébro choisit pour le remplacer le maréchal Bernadotte, général de Napoléon Iᵉʳ.

³ Edouard, prince de Galles, surnommé le Prince-Noir à cause de la couleur de ses armes, fit prisonnier, à la bataille de Poitiers, le comte de Blois, le roi d'Ecosse et Jean-le-Bon, roi de France.

» Ils n'ont pas d'arsenaux ; leur Wellington est mort.
» Où sont leurs bataillons dont tu craignes l'effort ?
» Sur tant de points épars leur milice semée
» Ne peut à leur appel devenir une armée,
» Tu seras au sérail sur les soyeux coussins,
» Avant que Calcutta ne sache tes desseins.
» Mais il est un volcan aux laves populaires
» Dont le nom moscovite excite les colères :
» C'est la France ; déjà ses torrents suscités,
» Poussés par un génie, ont heurté nos cités,
» Si l'homme qui portait le fier drapeau d'Arcole
» Repose au Champ-de-Mars sous sa riche coupole,
» Il laisse un rejeton qu'il faut anéantir,
» Un astre qui se lève et qu'il faut obscurcir ;
» Contre ses légions, que ta force agrandie ,
» Sache sauver Moscou d'un nouvel incendie,
» Gorge tes arsenaux, centuple tes soldats,
» Arme tous les enfants de tes vastes États,
» Sache d'un Waterloo refaisant la journée
» Sous le nombre écraser la valeur obstinée ;
» Que tes popes [1] soumis, secondant tes projets,
» D'un zèle fanatique embrasent tes sujets,
» Par leur voix, à l'autel , invoquant le Messie,
» Appelle sous la croix l'orthodoxe Russie,
» Et sur le sol français en ramenant tes pas,
» La vierge de Smolensk [2] guidera tes soldats.

[1] Les popes sont les prêtres de la religion greco-russe,
dont le Czar est le souverain pontife.
[2] Les popes font croire aux soldats que la vierge de Smolensk marchait en tête des bataillons russes qui ont envahi
la France.

» Accomplis tes destins ; l'empire de mes rêves,
» Que je n'ai qu'ébauché, toi, mon fils, tu l'achèves ! »
Il dit et disparaît ; tel au souffle du vent
Se dissipe dans l'air un nuage mouvant.
L'Empereur, fasciné par cette voix sonore,
Vainement veut saisir l'ombre qui s'évapore,
Dans ses appartements il marche à pas pressés,
Roule dans son cerveau des projets insensés ;
Enfin le sommeil vient de ses doigts tutélaires,
Secouer sur ses yeux les pavots salutaires,
Et d'un songe enchanteur berçant l'esprit du Czar,
Promet à son orgueil le sceptre de César.

CHANT DEUXIÈME.

Le prince Mentschikoff. — Réception au palais du czar. — Hautes
confidences. — Projets. — Plan de campagne. — L'ambassadeur.

L'ombre des nuits s'enfuit, et le jour qui s'avance,
Perce l'épais brouillard que la Newa condense ;
De l'aube du matin la douteuse clarté
Découpe à l'horizon l'imposante cité ;
Et les riches palais, aux gigantesques faîtes,
Dessinent dans les airs leurs grandes silhouettes;
L'artisan est debout ; à chaque carrefour,
Esclave du travail, il devance le jour ;
D'industriels obscurs, à cette heure accourue,
La foule, en se croisant, se heurte dans la rue ;
Et peuple matinal, à la houle pareil,
Offre un tableau mouvant de la ville au réveil.

Tout-à-coup au milieu de ce flot qui circule ,
Un beau drowsky,[1] fend l'air sur son essieu qui brûle,
Et le noble écusson sur le panneau doré,
Révèle aux curieux un seigneur affairé.

[1] Calèche des grands seigneurs russes.

Le cocher, intrigué de la course précoce,
Vers Tzarkoé-Salo [1] dirige le carrosse.
Un vieillard en descend : la garde en rangs serrés,
Le salue au passage ; il franchit les degrés,
Et des réceptions bannissant l'étiquette,
Pénètre chez le Czar par la porte secrète.
    L'autocrate, en son lit, sur le coude penché,
Sur la carte du monde a son œil attaché.
La fatigue des nuits, sur son front se remarque :
L'illustre visiteur tombe aux pieds du monarque :
Vous m'avez mandé, Sire, et Votre Majesté
Daigne toujours compter sur ma fidélité ;
Fière de vos faveurs, cette tête blanchie
Rajeunit quand il faut servir la monarchie ;
Diplomate ou soldat, au plus petit signal,
Je jure d'accomplir votre ordre impérial :
Me voilà prêt ; faut-il pour servir la patrie,
Jeter, à son réveil, un prince en Sibérie ?
Ou d'un riche boyard l'indigne rejeton
Doit-il pour ses péchés mourir sous le bâton ?
— Non, prince Mentschikoff, ton zèle te fourvoie ;
Il faut à mes desseins une plus vaste proie ;
Sur les peuples soumis faisant passer mon char,
Je veux les courber tous sous le sceptre du Czar ;
Mon chemin est tracé : brisant toute barrière
Je fais halte à Stamboul [2] ; c'est l'étape première.
La Providence veut que mon bras tout puissant

[1] Palais, résidence du Czar.
[2] Constantinople, en turc, se nomme Stamboul.

D'un hardi coup de sabre abatte le Croissant ;
Et sur les minarets, aux flèches amincies,
Arbore avec la Croix le drapeau des Russies;
Dans un auto-da-fé, par mon ordre allumé,
Faire jeter au vent le Coran consumé,
Contraindre la Turquie, à ma voix convoquée,
A baiser nos autels dans la grande Mosquée ;
Des jardins du Sérail voir avec abandon
Au palais des Sultans les Cosaques du Don,
Et, maître de Stamboul, dominateur du monde,
Dire : Je tiens les clés de la terre et de l'onde;
A moi de rétablir l'empire Byzantin,
Voilà ce qu'à ton maître ordonne le Destin !...
— Si Votre Majesté, Sire, à mon bras se fie,
J'irai planter la croix grecque à Sainte-Sophie [1],
Et mettre à vos genoux ce peuple confondu
Qui brûle à Mahomet l'encens qui vous est dû !
— La belliqueuse ardeur dont ton âme est saisie,
Ne peut prendre le pas sur la diplomatie,
Prince, et j'ose espérer arriver à mon but
Sans aiguiser le glaive et sans passer le Pruth.
Par mes ambassadeurs ma volonté portée ,
Au Conseil du Divan est toujours écoutée,
Et le Sultan, docile à la bien recevoir,
Sait qu'aux murs du Sérail se borne son pouvoir.
Bien longtemps, dans ce but, j'ai fomenté ses troubles ;

[1] Sainte-Sophie est la plus ancienne et la principale des mosquées de Constantinople. La politique moscovite est de faire de ce temple, consacré au culte musulman, le Saint-Pierre des temps futurs.

La révolte des Grecs s'est faite avec mes roubles ;
J'ai jeté, sans compter, mon or à Botzaris [1],
C'est moi qui mis la torche aux mains de Canaris [2] ;
Et, feignant d'évoquer la grande ombre d'Athènes,
J'armai Londre et Paris en faveur des Hellènes.
Ces folles cours, faisant, sous le choc de l'airain
Écrouler la Turquie au port de Navarin [3],
N'ont pas vu, menaçante, au haut des sept collines [4],
La figure du Czar planer sur les ruines,
Ni son bras s'allonger sur ces sanglants débris,
Ni le démon du Nord, excitant leurs esprits,
Arracher au cadavre un lambeau de suaire,
Pour étoffer un trône au fils de la Bavière.
Aujourd'hui, tout est prêt : Othon, à mon appel,
Va surgir de Lépante au bout de l'Archipel ;
Tout le Monténégro se soulève à ma cause ;
Quant aux principautés que le Danube arrose,
Leurs faibles hospodars à mes décrets soumis,
N'oseront, quoiqu'on fasse, être mes ennemis ;
Mais il faut au succès les ombres du mystère ;
Qu'un Pierre-Ermite grec, montrant son scapulaire,

---

[1] Lors de l'insurrection de la Grèce contre la Turquie, le brave Marcos Botzaris, élu chef des Grecs, se voua tout entier à l'affranchissement de sa patrie. La Russie, fidèle à son système, jetait son or dans les rangs subalternes.

[2] Canaris, le fougueux enfant de Psara, brûla trois fois la flotte ottomane.

[3] En 1828, la France et l'Angleterre, alliées de la Russie, en brûlant à Navarin la flotte turque, ont détruit une barrière qui protégeait l'Occident contre les empiétements moscovites.

[4] Constantinople par sa position topographique a reçu, comme Rome, le nom de la ville aux Sept-Collines.

Et cachant sous le froc l'arme de Godefroy,
Au palais ottoman aille prêcher la foi,
Fasse perdre aux Latins jusqu'à l'espoir d'un lucre,
Et réclame, en mon nom, la clé du Saint-Sépulcre [1].
Je veux faire expulser Rome de Bethléem ;
Sous mon fouet pastoral mettre Jérusalem.
Cette concession une fois accordée,
J'arrache, en dédaignant ce coin de la Judée ;
Le droit de protéger, écrit dans un firman,
Les catholiques grecs de l'empire Ottoman,
Et, pieux paladin, à l'astuce féconde,
J'anéantis l'Islam [2] sans éveiller le monde ;
Et le monde est à moi !... Mais pour un tel projet,
Il me faut à Stamboul un habile sujet ;
C'est toi que j'ai choisi pour mon digne interprète ;
Tu sais mes desseins, va, bannis toute étiquette,
Prends avec le Sultan un langage acéré,
Tu parles pour le Czar. — « Sire, j'obéirai ! »

---

[1] Sous la protection de la France les Latins ont toujours eu la possession des clés du Saint-Sépulcre ; au IXme siècle, le sultan Haroun-al-Raschid les remettait à Charlemagne ; Soliman-le-Magnifique, donnait en 1535 à François Ier le protectorat des chrétiens de la Palestine et de l'Orient, confirmé à Louis XIII en 1640, et conservé depuis.

[2] L'Islam ou Islamisme, religion de Mahomet.

CHANT TROISIÈME.

Le brick de la mer Noire. — Vue de Stamboul. — Le Sérail. —
Le sultan Abdul-Medjid. — Le harem. — Scène de boudoir. —
Grand conseil du Divan.

Sur les eaux de l'Euxin, guidé par son étoile,
Sous le vent protecteur qui souffle dans sa voile,
Un brick aux flancs dorés, léger oiseau des mers,
Voltige, en se berçant, au gré des flots amers,
En jouant avec lui, la vague qui l'inonde,
Entre ses plis, tantôt le balance sur l'onde,
Tantôt le fait voler dans un rapide essor.
Où va-t-il ce beau brick ? Droit à la Corne-d'Or [1];
Hélas ! il ne sait pas, quand le flot l'enveloppe,
Qu'il porte dans son flanc les destins de l'Europe !
Au pied de la misaine un vieillard est debout ;
Le ciel, les vents, la mer, il interroge tout ;
Un long pli dédaigneux a contracté sa bouche ;
Son œil autour de lui lance un éclair farouche ;
La lunette qu'il braque à l'horizon lointain

[1] C'est le port qui sépare la ville de Stamboul, proprement
dite des faubourgs de Galata et de Péra.

Cherche à travers l'espace un phare byzantin.
Enfin il apparaît ; une masse indécise
Fait deviner Stamboul, la Chanaan promise.
On approche, c'est elle ; elle avec ses palais
Et ses dômes à jour, et ses hauts minarets ;
Elle, avec son beau ciel ; elle, reine du monde,
Qu'un bienfaisant soleil avec amour féconde :
C'est la cité splendide à l'éternel printemps,
Qui mûrit l'oranger à l'abri des autans ;
Qui suspend ses jardins aux flancs de la colline,
Et déploie au regard sa superbe origine ;
La ville pour laquelle, ô rois de l'univers ;
Vous avez quitté Rome et ses palais déserts !

On peut voir de ses quais, où l'œil se rassasie,
Les côtes de l'Europe et celles de l'Asie,
Des dômes, des palais, des coupoles, trois mers ;
Les plus beaux horizons, les coteaux les plus verts,
Et deux grands continents qu'un beau soleil colore,
Tout près de s'embrasser pardessus le Bosphore.

Quel est ce cap qui plonge et sort du sein des flots,
Armé comme un forban entre mille vaisseaux ?...
De kiosques, de fleurs sa crète est embellie,
La pierre de ses pieds par la vague est polie ;
Ce cap, c'est le Sérail, dont les murs indolents
Ont étouffé muets tant de drames brûlants !
C'est là que Mahomet planta dans sa conquête,
En renversant la Croix, l'étendard du Prophète ;
De là que Bajazet fit, par un ordre amer,
Précipiter ses fils dans les flots de la mer ;
Ici, de Soliman, excitant l'âme ardente,

Roxelane baisait sa main toute sanglante ;
Et combien de muets, arrachés aux loisirs
Ont porté le cordon si fatal aux visirs !
Que d'ombrageux Sultans, soupçonnant de vains crimes
Sur des pointes de fer ont assis leurs victimes !
Jadis si redouté, si grand dans son orgueil,
Ce palais aujourd'hui semble un vaste cercueil,
Depuis l'heure où Mahmoud, frissonnant de colères,
Broya sous ses canons ses fougueux Janissaires.
C'est là qu'Adul-Medjid sous son joug impuissant,
Dans ses débiles mains voit pâlir le Croissant.
Mais pour galvaniser sa languissante vie,
Le harem, chaque soir, au plaisir le convie :
Le harem ! cet Eden, temple mystérieux,
Où de fraîches houris que l'on dérobe aux yeux,
Du monarque indolent attendent la caresse !
Guidés par une Fée, entrons chez Sa Hautesse ;
Les tapis moelleux, qu'Ispahan a tissés,
Vont assourdir le bruit de nos pas empressés ;
Là d'un jour combiné les clartés azurées
Filtrent dans le cristal des vitres colorées,
Et le rayon se glisse entre les plis soyeux
Des rideaux veloutés qui protègent les yeux.
Au milieu des parfums, du luxe de l'Asie,
Les filles du Caucase et de la Circassie,
Belles de voluptés, dans ce discret boudoir
Guettent d'un œil jaloux le signal du mouchoir,
Et chacune, rêvant sur la souple ottomane,
Se berce de l'espoir de devenir Sultane.
Voici le grand Seigneur ! Séduisantes houris

2

Enivrez-le d'amour, fascinez ses esprits,
Vous, vierges du harem, aux suaves prémisses,
Préparez pour lui plaire une nuit de délices.
L'Odalisque choisie a parfumé son bain,
Trempé son corps d'albâtre ; et l'eunuque africain,
Qui présente à son pied la babouche éclatante,
Au boudoir du Sultan la mène palpitante.
Le prince, à cet aspect, sur son riche coussin,
Sent que la volupté bouillonne dans son sein ;
Il cesse d'aspirer l'odorante fumée
Qu'exhale en tourbillons sa chibouque allumée,
Et dans la porcelaine, auprès du latakié [1],
Le généreux moka refroidit oublié.
Un signe, messager du désir qui l'embrase,
Fait tomber à ses pieds tous les voiles de gaze,
Et des contours d'ivoire aux mortels inconnus,
A ses regards lascifs livrent leurs charmes nus;
Essuyant sur son corps l'écume floconneuse,
Vénus sortant des eaux, parut moins gracieuse ;
Le monarque séduit va saisir ces trésors ;
Soudain, un bruit de pas vient des longs corridors ;
Et ce bruit, que défend la sévère étiquette,
A troublé le Sultan au fond de sa retraite [2];
L'eunuque interrogé dit : « Un ambassadeur
Qui vient de Pétersbourg au nom de l'empereur,

[1] Ville du pachalick de Tripoli (Syrie), d'où vient le tabac
latakié qui est fumé au Sérail.

[2] Le 13 mai, le prince Mentschikoff au lieu de se rendre aux
conférences convenues la veille avec les ministres de la Porte,
alla droit au Sérail et exigea une audience du Sultan, retiré
dans ses appartements.

Apportant au Sérail un message qui presse,
Désire être introduit auprès de Sa Hautesse. »
« Qu'on le mène au Divan. » Dans un grand appareil
Cent bras ont disposé la salle du Conseil.

Au milieu de sa cour, parmi ses grands choisie,
Abdul-Medjid reçoit l'envoyé de Russie.
L'orgueilleux messager devant le Grand-Seigneur,
Fidèle à sa consigne, entrant avec hauteur,
Dit d'un ton arrogant : « Dans ton riche domaine,
» C'est un zèle pieux, fils d'Omar, qui m'amène,
» Mon maître espère en toi pour réparer l'échec
» Qu'a subi récemment son patriarche grec [1];
» Au joug du Vatican, dans les murs de Solyme,
» Il ne veut pas ployer son culte légitime ;
» Bien plus, et c'est loin d'être un intérêt mondain,
» Il demande à régner seul aux bords du Jourdain ;
» Il veut un hôpital, un couvent, une église,
» La clé du Saint-Sépulcre à sa garde commise. »
— « Grâce à l'amitié que pour lui nous avons,
« Aux demandes du Czar, prince, nous souscrivons [2].

[1] Dans le traité d'Andrinople (1829), la Russie glissa adroitement certaines clauses équivoques, au moyen desquelles elle s'appropriait exclusivement l'église de Bethléem. Les Latins demandèrent l'appui de la France qui, en 1853, finit par obtenir du Sultan que les clés de la grande porte de l'église de Bethléem, seraient remises au patriarche latin de Jérusalem ; la Russie refusa, son patriarche grec se retira à Smyrne, en emportant avec lui les clés du Saint-Sépulcre.

[2] Voulant éviter tout prétexte à troubler la paix du monde, l'empereur Napoléon III, consentit à l'arrangement de l'affaire dite des Lieux-Saints : les Grecs gardent les clés, sont autorisés à construire une église, un couvent et un hôpital; les Latins ne conservent une clé de la grande porte de l'église de Bethléem, que pour y passer pour se rendre à la grotte de la Nativité, et non pour y officier ; ils n'y peuvent célébrer leur culte que deux fois par semaine.

» Et voulons qu'à l'instant nos paroles sacrées,
» Dans un hatti-schérif soient dûment insérées. »
— » Ah ! de ton noble cœur n'arrête pas l'élan,
» Sépare dans Stamboul la Bible et le Coran,
» Reste des Musulmans le tout puissant Calife,
» Et rends au culte grec la loi de son Pontife ;
» Sur nos chrétiens gardant le temporel pouvoir,
» Tu tiendras, toi, le sceptre et le Czar, l'encensoir.
— » Tu méconnais nos droits, ton discours nous insulte,
» C'est assez, Menschikoff. » — « S'il parle pour son culte,
» Le Czar n'est ici-bas que l'instrument des Cieux. »
— « D'un faux zèle cachant ses plans ambitieux,
« Il veut, nous le savons, à force d'imposture,
» Faire de Pétersbourg une Rome future ;
» Va lui dire aujourd'hui, malgré le préjugé,
» Que le vieux sang d'Osman n'est pas encor figé,
» Qu'Abdul-Medjid méprise une injuste semonce ;
» Ton message est rempli ; porte notre réponse. »

CHANT QUATRIÈME.

Hostilités.—**Passage du Pruth. —** Campagne du Danube. — Siège de Silistrie. — **Paskiéwitsch lève le siège. —** Ambassade de **Vely-Pacha. —** Demande de secours. — **Réponse de l'Empe-reur des Français.**

Les peuples, revenus de leurs égarements,
D'une paix fraternelle échangeaient les serments ;
Dieu venait d'envoyer un bras fort et propice,
Pour arracher la France au bord du précipice
Et Londres et Paris, dans leurs palais ouverts,
A la lutte des arts conviaient l'Univers ;
Et l'Univers entier, à cette voix féconde,
Répondait en peuplant ces grands bazars du monde.
Du pôle Nord au Sud toutes les nations,
Pour ces brillants tournois armant leurs champions,
Venaient se mesurer dans la paisible arène
Ouverte aux seuls combats de l'industrie humaine ;
Et toutes, dans ce temple, en enlaçant leurs noms
Croyaient avoir éteint la mèche des canons !....
  Mais tout-à-coup le sol tremble ; de ses entrailles
Sortent en mugissant de longs cris de batailles :
Des bords de la Newa le cliquetis du fer,

A la voix des clairons se mêle au loin dans l'air,
Et les fils de Kiew, de Volinsk, de l'Ukraine,
Altérés de combats s'alignent dans la plaine ;
Le grand saint Sergius, belliqueux pronostic,
Pour la troisième fois apparaît en public [1],
Et des enfants du Nord excitant la folie,
Désigne à leurs exploits la belle Roumélie.
Le Czar, bouffi d'orgueil, pour atteindre ce but,
A donné le signal du passage du Pruth ;
Aussitôt Gortschakoff porte avec ses Cosaques
L'incendie et le fer sur le sol des Valaques,
Et, poursuivant le cours d'odieux attentats,
Jette dans Buccharest ses farouches soldats.
Secouant sa torpeur, la Turquie assoupie,
Se réveille en sursaut devant cet acte impie,
Et des bords de l'Euphrate aux rivages du Nil,
L'Islamisme tressaille à l'aspect du péril !...
Bientôt, vaste ouragan, les hordes de barbares
Se déchaînent sans frein sur les rives Bulgares.
Le Sultan, indigné des horreurs qu'on commet,
Fait sortir l'étendard sacré de Mahomet....
Soudain, les vrais Croyants, à la voix du Prophète,
S'arment pour les combats ; Omer est à leur tête ;
Ni le bruit du canon ni les feux meurtriers
Du fier Abdul-Medjid n'arrêtent les guerriers ;

[1] L'image de saint Sergius, le patron des Russies, n'est encore sortie que trois fois : la 1re fois en 1709, sous Pierre-le-Grand, quelques jours avant la bataille de Pultava ; la 2e fois en 1812, sous Alexandre 1er, lors de la campagne de Moscou ; la troisième fois sous Nicolas 1er, au commencement de la guerre actuelle.

Les Russes, culbutés, criblés par la mitraille,
Jonchent de leurs mourants tous les champs de bataille:
Widdin, Giurgewo, Turtukay, Kalafat [1],
Jettent sur le Croissant un immortel éclat,
Et les Turcs, d'Amurath retrouvant les vestiges,
Sous les yeux de l'Europe enfantent des prodiges :
Là c'est Moussa-Pacha qui, formé dans les camps,
Défend avec vigueur le chemin des Balkans.
Ce brave, soutenu par sa troupe d'élite,
A repoussé trois fois l'attaque moscovite ;
Quinze mille héros, Albanais, Egyptiens,
De l'honneur Ottoman intrépides soutiens,
Sous ses ordres rangés, bravent dans Silistrie,
De cent mille soldats l'impuissante furie.
Le prince Paskiéwitsch, honteux des insuccès,
D'un assaut général ordonne les apprêts,
Et l'artilleur, poussant le hourra des batailles,
Bat à coups de canon les épaisses murailles,
Jette dans la cité ces bombes dont le sein
Emporte avec la flamme un salpêtre assassin ;
Enfin le granit cède, et l'enceinte entamée
Présente par la brèche un chemin à l'armée,
Schilder lance à l'assaut ses bataillons fougueux,
Mais les Turcs, recevant leur choc impétueux,
Sur les débris des murs combattent avec rage,
Et font des assaillants un immense carnage.
En vain quelques soldats, au sommet des remparts,
S'acharnent à planter leurs hardis étendards ;

[1] Lieux célèbres par les victoires remportées par les Turcs sur les Russes.

D'autres, jetant loin d'eux leurs gênantes armures,
Se glissent, en rampant, entre les embrasures,
Partout la mort les frappe, et partout repoussés
Ils retombent sanglants dans le fond des fossés.
En ranimant les siens dans la lutte inégale,
Schilder sur le glacis tombe atteint d'une balle,
Et Paskiéwitsch blessé, maudissant les combats,
Par la voix des clairons rappelle ses soldats :
Tout à fui.... Les Imans, célébrant sa défaite [1],
Exaltent en versets la gloire du Prophète.
  Cependant le Progrès, génie Occidental,
Qui lit dans l'Avenir un dénoûment fatal,
De l'Attila du Nord veut préserver l'Europe ;
D'un riche cafetan soudain il s'enveloppe,
Roule autour de sa tête un cachemire indien,
Et de Vély-Pacha prend les traits, le maintien ;
L'étincelant damas flamboie à sa ceinture ;
La barbe vénérable encadre sa figure,
Et, dans cet appareil, près de puissantes cours,
Il brûle de voler implorant du secours.
Poussés par la vapeur dans sa prison captive,
Les rapides essieux de la locomotive
L'entraînent vers Paris d'un vol précipité,
Comme un léger duvet par le vent emporté,
Il arrive au château suivi de son escorte ;
De Tarente introduit l'envoyé de la Porte ;
Le Pacha se prosterne : « Empereur des Français,
» Salut à toi ; qu'Allah te comble de bienfaits !

---

[1] Ministres de la religion mahométane.

» Écoute, par ma voix, la Turquie en alarmes
» Te demande aujourd'hui le secours de tes armes,
» Les barbares du Nord, désertant leurs frimats,
» Pareils aux ouragans fondent sur nos climats ;
» Le feu de leurs bivouacs brille dans la nuit sombre ;
» Vainement décimés ils grandissent en nombre,
» Nos efforts convulsifs ne pourront pas longtemps
» Opposer une digue à ces vastes torrents,
» Et l'aigle bicéphale, à nos traités parjure,
» Déployant contre nous son immense envergure,
» Veut, dépassant Stamboul dans son vol impudent,
» Sous sa serre cruelle étouffer l'Occident ;
» Déjà par son regard l'Autriche fascinée,
» A l'immobilité demeure condamnée,
» Et la cour de Berlin, secondant ses projets,
» Contre le Grand-Sultan forme des vœux secrets.
» Un seul bras conjurant la tempête qui gronde
» Peut sauver à la fois la Turquie et le monde :
» C'est le tien que j'implore à l'heure du danger,
» Qu'il saisisse le glaive et vienne nous venger !
      » — Noble envoyé, l'écho qui propage la gloire,
» A porté jusqu'ici vos hourras de victoire,
» Et la France attentive à vos exploits guerriers,
» Va devenir jalouse en comptant vos lauriers ;
» Non, Stamboul ne doit pas, par un maître asservie,
» Subir dans l'abandon le sort de Varsovie,
» Nous montrerons au Czar, en faisceau menaçant,
» Le drapeau d'Austerlitz à côté du Croissant.
» L'Angleterre, elle aussi, rassemblant sa milice,
» Dans nos rangs confondue entrera dans la lice,

» Pour le salut du monde unissant leurs efforts,
» Saint-James et Paris cessent leurs désaccords,
» Et les fils de la Seine et ceux de la Tamise
» Voleront aux combats sous la même devise !... »

CHANT CINQUIÈME.

Départ de Portsmouth. — La flotte de la Baltique. — L'escadre
de la mer Noire. — Le choléra. — Débarquement en Crimée. —
Bataille de l'Alma. — Mort du maréchal de Saint-Arnaud.

Sur la rive où la mer lance et brise ses flots,
Où la belle Portsmouth se mire au sein des eaux
Agitant dans les airs ses fières oriflammes,
La flotte anglaise attend qu'un ordre de Saint-James
Vienne rompre les liens qui l'enchaînent au port.
Un peuple tout entier, accouru sur le bord,
Contemple ces hauts mâts qui montent dans la nue,
Ces agrès tremblottants où le vent s'insinue,
Ces frégates au vol qui glisse sur la mer,
Et les pesants vaisseaux aux flancs bardés de fer
Armés d'un triple rang de bronzes volcaniques,
D'où jaillissent au loin les foudres britanniques.
Hissant son pavillon au navire amiral,
Napier sur la dunette a donné le signal :
Un immense cri part ; soudain l'ancre se lève,
Et des milliers de bras s'agitent sur la grève ;
Chacun a salué ces hardis passagers
Que la patrie envoie au-devant des dangers,

Et la foule au rivage attentive, immobile,
Suit d'un regard d'adieu la flotte qui défile.
  Le canon gronde au loin ; c'est l'imposant signal
Des navires de Brest qu'amène Parseval :
Anglais, Français, fêtant cette heure solennelle,
Se tendent sur les flots une main fraternelle.
Leurs vaisseaux réunis, mêlant leurs pavillons,
Sur les plages du Nord portent des bataillons ;
Rien n'arrête l'élan : ni les froides contrées,
Ni les écueils cachés des mers hyperborées,
Ni les soldats du Czar, qui du haut des créneaux
De leurs forts de granit canonnent les vaisseaux ;
La flotte entière, au son de joyeuses fanfares,
Sillonne avec orgueil ces rivages barbares ;
D'un vol agile et sûr elle a franchi le Sund ;
La voix de son canon qui tonne à Bomarsund [1],
Par les échos portée au fond de la Finlande,
Sème à Saint-Pétersbourg l'alarme la plus grande ;
Mais il faut s'éloigner : l'aquilon inhumain
De Napier va bientôt congeler le chemin ;
La flotte sur ces mers, au séjour obstinée,
Au milieu des glaçons se verrait enchaînée,
Et mieux que ses remparts, les frimats absolus,
Feront vivre Cronstadt quelques instants de plus.
  Cependant nos efforts ne seront pas stériles,
Sous un soleil plus doux, sur des eaux plus dociles,
Une escadre puissante, aux vastes bâtiments,

---

[1] La citadelle de Bomarsund fut prise et détruite le 15 août.
Le général Bodisco, son gouverneur, fut fait prisonnier avec
2,000 hommes de la garnison.

Transporte en Orient de nombreux régiments ;
De Portsmouth, de Toulon, voguant aux Dardanelles,
Elle unit sur les flots ses voiles fraternelles ;
Et, sûr de son concours, le Turc qui l'implora,
La reçoit avec joie aux eaux de Marmara.

    La flotte a débarqué ses colonnes pressées,
Sur le sol Ottoman les tentes sont dressées,
L'enthousiasme éclate ; et nos vaillants soldats,
Par les jeux du bivouac préludent aux combats ;
Les échos d'Orient, dépassant les frontières,
Repercutent au loin leurs fanfares guerrières.

    Bientôt le vent du Sud, souffle pestilentiel,
Mêle un poison subtil à l'azur du beau ciel ;
Les chants cessent au camp, et l'armée éperdue
Respire à son insu la mort inattendue :
Le soldat, hier encor, si joyeux et si sain,
Sent le miasme impur qui circule en son sein ;
A peine si le sang soulève son artère,
Sa paupière s'injecte et sa face s'altère ;
Le flux abdominal, par d'incessants efforts,
En vain veut rejeter le venin au-dehors ;
Rien n'éteint du fléau l'influence maudite :
L'œil du pestiféré s'enfonce dans l'orbite,
Ses membres sont glacés sous un soleil brûlant,
Et sa voix n'a qu'un son imperceptible et lent ;
Dans les convulsions il se tord sur sa couche,
En appelant la mort par un geste farouche ;
Mais le mal qu'il recèle augmente encor ses maux.
Ses muscles amaigris se collent sur ses os ;
Et le fatal cachet des atomes putrides

S'imprime sur son corps en marbrures livides.
Il expire, mêlant dans un dernier effort,
Le nom de la patrie au râle de la mort.
Ainsi le choléra, dans le camp qu'il décime,
A chaque instant du jour emporte une victime.
Saint-Arnaud mesurant la grandeur du péril,
A rassemblé les chefs : « Compagnons, leur dit-il,
» La peste, parmi nous, sous la tente introduite,
» De nos braves soldats moissonne ici l'élite,
» Cherchons donc, si la mort nous désigne à ses coups,
» Un plus noble trépas qui soit digne de nous ;
» Pour couvrir de lauriers les crêpes de l'armée,
» Nous quitterons demain cette rive alarmée ;
» Demain nous volerons au-devant des combats. »
Dès l'aurore la flotte embarque les soldats ;
Le Bosphore est franchi ; cinglant dans la mer Noire,
Où va-t-elle ?... Qu'importe! elle marche à la gloire...
Maîtresse de l'Euxin et de la mer d'Azoff,
Elle appelle au combat l'amiral Nachimoff ;
Mais le lâche, en fuyant, évite les batailles ;
D'un Sinope vengeur il craint les représailles [1].
Hamelin et Dundas, qui dirigent son vol,
A l'horizon lointain cherchent Sébastopol ;
Et, debout sur les ponts, la frémissante armée,
Jette un regard avide au ciel de la Crimée.
Mais bientôt la vigie, au sommet des huniers,
Signale le rivage à nos vaillants guerriers ;

---

[1] C'est l'amiral Nachimoff qui, au mépris des lois de la guerre, détruisit la flotte turque, retenue à l'ancre dans le port de Sinope.

Soudain l'air retentit d'un long cri d'allégresse ;
De la poupe à la proue on s'agite, on s'empresse
Dans l'agile chaloupe et les légers canots,
C'est à qui le premier descendra des vaisseaux ;
A qui des régiments plantera le plus vite
Le drapeau des Français sur le sol moscovite ;
Et tous les bataillons rivalisant d'ardeur,
Sautent à terre aux cris de: Vive l'Empereur !
Mais les Russes ont fui ; la sentinelle alerte
N'en signale pas un dans la plaine déserte.
Saint Arnaud, que toujours le péril enflamma,
Pour trouver l'ennemi s'élance vers l'Alma ;
Là, son mâle coup-d'œil, sur la montagne ardue,
Du camp de Mentschikoff a jugé l'étendue ;
Puis il s'adresse aux siens : « Soldats ! soyez les fils .
» Des combattants d'Eylau, d'Iéna, d'Austerlitz ;
» Comme eux allez planter, à travers la mitraille,
» Vos étendards vainqueurs sur le champ de bataille,
» La gloire est devant vous ; sur vous la France a l'œil,
» Vous êtes son soutien, devenez son orgueil !... »
    Enlevée à l'accent de cette voix guerrière
L'armée à l'ennemi s'élance tout entière ;
Barral, Marcy, Fiévet à travers les rochers,
Font courir les canons par les étroits sentiers
Où les hommes aidant les chevaux qui fléchissent,
Pour pousser les affûts de toutes parts bondissent.
Tous ont franchi l'Alma dans un élan fougeux ;
Aux brins d'herbes du mont, aux rochers anguleux,
Pour grimper au plateau le Zouave se cramponne ;
Bosquet sur la hauteur fait charger sa colonne ;

D'Autemarre, Forey, Bouat et de Lourmel,
Fondent de tous côtés ; c'est l'instant solennel :
Le boulet passe en vain dans les rangs qu'il laboure,
La mitraille ne peut ébranler leur bravoure.
Napoléon, au front d'intrépides soldats,
Au village incendié précipite ses pas,
Et là, comme un lion dans l'arène enflammée,
Combat enveloppé d'une épaisse fumée.
Au milieu des boulets, insouciants des dangers,
Cambridge et sir Campbell guident leurs highlanders,
Pendant que lord Raglan au feu le plus terrible,
Conduit au pas réglé sa phalange impassible.
Au pied du télégraphe on lutte avec fureur ;
Canrobert, déployant une insigne valeur,
Accablé par les coups, sous les masses chancelle ;
Mais le brave Beuret, l'impétueux d'Aurelle
Volent à son secours aussi prompts que l'éclair ;
On se presse, on s'étreint, le fer heurte le fer,
Et l'œil dévore l'œil, et dans les mains crispées,
La rage fait choquer les sanglantes épées ;
L'implacable trépas plane sur tous les rangs,
Le sol rougit, les morts tombent sur les mourants,
La chance des combats dans les camps se balance ;
Alors Cler emporté dit aux siens qu'il dévance :
« A moi ! Zouaves, à moi ! Sur la tour ! En avant ! »
Les Zouaves ont bondi ; l'audacieux torrent
Brise et renverse tout ; Fleury pour sémaphore
Fait flotter sur la tour le drapeau tricolore ,
Et tombe foudroyé ; puis le signe éclatant
Dans un cercle de feu disparaît à l'instant ;

Poitevin à son tour, dans un bond téméraire,
Plante son étendard sur le haut belvédère
Et s'affaisse caché dans ses plis glorieux.
Ces héros sont vengés !... Les Russes furieux
Reculent d'épouvante et leur armée en fuite
Voit flotter nos drapeaux sur leur camp moscovite.
  Mais hélas ! un nuage assombrit ces hauts faits :
Le général en chef, qu'épargnent les boulets,
Pour mourir avec gloire, à force d'énergie
Disputant au trépas quelque reste de vie,
S'éteint sur ses lauriers, et, vainqueur regretté,
Du champ de l'Alma monte à l'immortalité !...

————

CHANT SIXIÈME.

Sébastopol. — Siége. — Bombardement sur terre et sur mer. —
Bataille d'*I*nkermann. — Victoire.

L'armée en s'avançant sur la plage conquise,
Voit poindre à l'horizon une forme indécise,
Masse qui par degrés se dessine aux regards:
C'est là Sébastopol, ses terribles remparts,
Vastes blocs de granit, formidable ceinture,
Où le bout d'un canon brille à chaque embrasure,
Ses forts, ses bastions, appareil meurtrier,
Qui du fond de l'Euxin lève son front guerrier,
Sa citadelle altière au flanc inabordable,
Tout donne à la cité le renom d'imprenable.
Elle, au bord de la mer, assise sur le roc,
Des peuples courroucés en défiant le choc,
Sur l'Europe et l'Asie, où son front se déploie,
Se montre impatiente à fondre sur sa proie,
Et la torche allumée en son vaste arsenal,
D'embraser l'Univers n'attend que le signal.
Sur ses murs menaçants la vedette qui veille
Insulte avec dédain aux tentes de Marseille,

Et croit que Mentschikoff de son bras affermi,
Va jeter dans les flots son débile ennemi.
    C'est là que dédaignant le feu des batteries,
En face des remparts, nos troupes aguerries,
Belles d'ardeur, la pelle et la pioche à la main,
Se creusent dans le roc un périlleux chemin :
L'artilleur, à l'abri de ces profondes routes,
Pour canonner les forts a dressé ses redoutes.
On donne le signal, et soudain mille éclairs,
De la ligne des camps jaillissent dans les airs :
Les boulets destructeurs qui criblent les murailles,
Les bombes transportant la mort dans leurs entrailles,
Se croisent dans l'espace et volent en éclats ;
Le canon foudroyant ne se ralentit pas,
Et la mort, au milieu d'une épaisse fumée,
Frappe sans se lasser dans la quadruple armée.
    Un drame aussi sanglant se répète sur mer ;
Les Russes, dans leurs murs de granit et de fer,
Etonnés de l'excès de notre insigne audace,
En coulant leurs vaisseaux ont obstrué la passe,
Et traçant dans le gouffre un lâche tourbillon,
Pour éviter nos coups sombrent leur pavillon.
Fol et vain déshonneur ! malgré la canonnade
La flotte avec orgueil s'avance vers la rade :
Sur les flots écumeux le *Charlemagne* altier
Manœuvre avec hardiesse et paraît le premier ;
Le fier *Montebello*, pour le suivre appareille,
Le *Jean-Bart*, *Jupiter*, la *Ville-de-Marseille*,
L'ardent *Napoléon*, l'impétueux *Valmy*,
Henri-Quatre, l'*Alger* font face à l'ennemi ;

Le *Friedland* se place auprès d'eux sur la ligne ;
Le *Bayard*, le *Sufren* recevant la consigne,
S'embossent hardiment ; la *Ville-de-Paris*
Porte avec l'amiral ses canons aguerris;
Enfin l'escadre anglaise avec ordre s'avance
Et brûle de combattre à côté de la France...
    La mitraille à l'instant jaillit de tous les forts,
La flotte au feu répond par le feu des sabords ;
On dirait qu'un volcan, déchirant son cratère,
Vomit en bouillonnant sa lave délétère ;
Mille boulets rougis dans les brasiers ardents
Viennent de nos vaisseaux incendier les flancs,
Quand ceux-ci, sous le choc de leurs vives bordées,
Font chanceler les tours sous les coups lézardées;
Par tant d'efforts unis, ces superbes remparts,
Malgré leurs défenseurs criblés de toutes parts,
De la ville aux abois, impuissante barrière,
Tombent en vastes blocs ou volent en poussière ;
Et sûr de s'être ouvert un glorieux chemin,
Canrobert a fixé l'assaut au lendemain.
    Mais Mentschikoff qui voit le danger qui s'apprête,
Veut par un coup hardi conjurer la tempête,
Et dans l'épais brouillard qui cache ses desseins,
Lance vers Inkermann ses muets fantassins.
Dannenberg qui conduit cette sourde entreprise,
Dans les postes anglais se glisse par surprise,
Sabre les artilleurs jusque sur leurs affûts,
Mais Cambridge, Cathcart et Brown sont accourus.
Avec quelques héros dans la lutte animée
Par trois heures d'efforts ils arrêtent l'armée,

Fous d'intrépidité dans leurs élans fougueux
Chargent des bataillons huit fois plus nombreux qu'eux.
Torrens, Goldie, England, Bentink dans la mêlée
Faisant jaillir l'éclair de leur lame effilée,
Au milieu des mourants et des morts entassés
Excitent leurs Anglais aux exploits insensés,
Et tous, s'abandonnant au courage farouche,
Après avoir brûlé leur dernière cartouche,
Rompu leur baïonnette aux coups du désespoir,
Du fusil mutilé forment un assommoir,
Et déployant partout une ardeur téméraire,
Défendent vaillamment le drapeau d'Angleterre.
Enfin ces nobles chefs par le nombre pressés,
Sous les coups furieux vont être renversés,
Et Dannenberg poussant ses colonnes concaves,
Dans un cercle de feu va fusiller leurs braves,
Quand Bosquet, qui comprend la grandeur du danger,
Bondit comme un lion afin de les venger.
De Wimpffen, Montaudon, Dubos, La Boussinière,
Forgeot, Vaissier, Barral, tous à l'âme guerrière,
A l'exemple du chef précipitent leurs pas,
Pareils à l'ouragan, précurseur du trépas.
Leurs bataillons fougueux, formidable avalanche,
Sur le flanc ennemi tombent à l'arme blanche,
S'ouvrent avec l'acier que font voler leurs mains,
Dans les carrés surpris d'audacieux chemins;
Bourbaki, comme un coin qu'enfonce la massue,
Se creuse dans les rangs une sanglante issue,
Et d'Autemarre, au front des tirailleurs d'Alger,
Cherche sa part de gloire au plus fort du danger.

Des Russes, sous le choc la masse est ébranlée,
Mais un drapeau français tombé dans la mêlée,
Passe de rang en rang dans le centre ennemi;
De Camas l'aperçoit et son cœur a frémi :
« Au drapeau ! mes enfants, sauvons l'aigle de France ! »
Ce brave colonel, suivi des siens, s'élance,
Fend les remparts de fer, ouvre les rangs pressés,
Renverse sur ses pas les obstacles dressés,
Et devant son audace en semant l'épouvante
Arrache l'étendard d'une main triomphante,
Mais, le sein déchiré dans ces rudes assauts.
Sur ce noble linceul il expire en héros.
Des Français à l'instant la rage s'est accrue,
Sur l'ennemi troublé chaque soldat se rue,
Le contraint à la fuite, et, le fer dans les reins,
Le pousse avec vigueur dans le fonds des ravins,
Où les canons volants, se frayant un passage,
Font avec la mitraille un horrible carnage.
  Et de la Tchernaïa le flot rouge de sang [1]
Porte à Sébastopol l'échec retentissant.

[1] La Tchernaïa, rivière torrentueuse, prend sa source sur le Mont-Yaïla, arrose la vallée fertile de Baïdar, et se jette dans le port de Sébastopol.

CHANT SEPTIÈME.

Catherine aux Enfers. — Invocation — Réponse du prince des
Ténèbres. — La tempête. — L'hiver. — Bataille de Traktir.

Des désastres du Czar mesurant l'étendue,
L'ombre de Catherine, aux enfers descendue,
Exhale ainsi sa plainte au roi des sombres bords :
  « Monarque tout-puissant, seconde nos efforts ;
  » Contre nos ennemis, sous leurs coups décimées,
  » Vainement la Russie oppose ses armées ;
  » La peste, que ton souffle apporta dans leurs rangs,
  » N'a pas même arrêté leurs soldats conquérants ;
  » Vois-tu leurs pavillons, sur nos tranquilles ondes,
  » Poursuivre insolemment leurs courses vagabondes ;
  » Vois-tu ces fiers vainqueurs, insultant notre sol,
  » Dans un cercle de fer presser Sébastopol ?
  » Ah ! que ton bras vengeur s'abatte sur leurs têtes !
  » Pour les engloutir tous soulève les tempêtes ;
  » Brise sur les rochers leurs orgueilleux vaisseaux....
      » — Reine, dit le démon, apaise tes sanglots,
  » Tes vœux sont exaucés, ta sombre politique
  » N'invoque pas en vain mon pouvoir satanique;... »

Il se tait; aussitôt les cieux sont obscurcis,
Et l'Euxin est couvert de nuages noircis;
De leurs flancs déchirés, les éclairs dans la nue,
De rougeâtres sillons embrasent l'étendue ;
Partout la foudre éclate, et ses coups redoublés
Font mugir les échos des rochers ébranlés,
Et les torrents de pluie et de grêle insolites,
Du ciel avec la mer confondent les limites.
Le vent, au sein des eaux, creuse de longs sillons
Ou les jette dans l'air en vastes tourbillons ;
Les rafales croissant aux rives tourmentées,
Soulèvent dans le port les vagues irritées,
Et les vaisseaux brisant leurs chaines, ballottés,
Se déchirent les flancs l'un par l'autre heurtés,
Ou lancés sur le roc par le flot qui les pousse,
Bondissent gémissants sous l'horrible secousse ;
D'autres sont emportés en bonds capricieux
Des profondeurs du gouffre à la voûte des cieux,
Et de là, suspendus sur l'onde qui s'abîme,
Retombent engloutis dans le fond de l'abîme.
Les fourneaux allumés, les vapeurs impuissants
Vont tanguer en désordre ou roulent frémissants,
Et l'oreille au lointain écoute avec tristesse,
Les coups intermittents des canons de détresse.
Sur le flot bouillonnant s'agitent entassés
Des coques de vaisseaux, de longs mâts fracassés,
Des armes, des débris de voiles, de cordages
Que la vague rejette aux galets des rivages.
Les tentes, les abris de toutes parts craquants,
Les képis des soldats, les registres des camps,

Les sonores tambours que la bourrasque emporte,
Tout s'envole dans l'air comme une feuille morte ;
Et les ballots pesants, les poutres, les tonneaux,
Remontent en courant la pente des coteaux.

Alors des éléments la fureur déchaînée
D'épouvante a glacé la foule consternée,
Et chacun s'adressant un mutuel adieu,
S'épuise en vains efforts et n'a d'espoir qu'en Dieu ;
Mais Dieu ne permet pas que la flotte périsse ;
Il sait qu'elle accomplit son œuvre de justice.
Il commande le calme, et le flot agité
S'apaise à cette voix ; l'ouragan révolté
Se tait ; la mer unit sa surface tranquille,
Et les vaisseaux au port trouvent un sûr asile.

Mais l'Archange du Mal de colère bondit,
Contre l'arrêt du Ciel son orgueil se raidit ;
Et des froids aquilons excitant la furie :
« Enfants du Nord, dit-il, vengez votre patrie,
» Dans le camp des alliés portez les noirs frimats,
» A vous d'anéantir ces superbes soldats,
» Qui bravent la tempête et ma fureur jalouse,
» Enfants, souvenez-vous de l'an mil huit cent douze ! »
Et tous sont déchaînés ; devant eux les oiseaux
Par troupes s'enfuyant cherchent des cieux plus beaux,
La fleur laisse tomber sa mourante corolle,
Et la feuille de l'arbre à leur souffle s'envole ;
L'air ballotte le givre, et les ruisseaux errants
En condensant leurs eaux, suspendent leurs courants ;
Le soldat, sans abri, dans la froide atmosphère,
Voit par degré le sang qui fuit de son artère

Et vers le cœur remonte à flots précipités
En refusant la vie à ses extrémités.
Tantôt en succombant sous l'aquilon humide,
Son corps se gonfle et prend une teinte livide,
Et tantôt pétrifié par le rigide hiver,
Le cadavre est raidi comme un barreau de fer;
Sur les lits de douleurs que de plaies étalées !
Ici des pieds gelés, là des mains sphacelées,
Des tissus suppurants et des chairs en lambeaux
Laissant à découvert les tendons et les os,
Et pour comble, la neige, autour du camp semée
Semble d'un blanc linceul envelopper l'armée.
De ces nouveaux combats vous sortirez vainqueurs,
Nobles enfants ; la France a foi dans vos grands cœurs ;
Non, vous ne mourrez pas ; sur ces lointains rivages
Dieu pour d'autres travaux réserve vos courages ;
Après tant de dangers, tant d'exploits glorieux
Vous serez au retour grands comme vos aïeux.
Voyez à l'horizon l'aurore qui se lève,
C'est celle du Printemps ; votre épreuve s'achève,
Bientôt dans les combats vos ennemis tremblants
Verront que rien ne peut arrêter vos élans.
   Protégés par la nuit, les fils de la Russie,
Descendus des hauteurs du camp de Mackensie,
Sur le pont de Traktir ¹ plantent leurs étendards,
Groupent leurs bataillons cachés dans les brouillards.
L'audacieux Read, qui dans l'ombre les guide,

¹ Le port de Traktir ou de l'Auberge, est un pont solide
en pierre, jeté sur la Tchernaïa ; il sert de communication
entre Balaklava et Simphéropol.

Par un coup imprévu croit sauver la Tauride ;
Et Weimarn et Wrewsky, de ses exploits rivaux,
Sont fiers de partager ses glorieux travaux.
Mais bientôt ces trois chefs, en ce jour de vengeance,
Vont payer de leur mort leur superbe arrogance.
Le mont de Fedhukine est par eux assailli,
L'éclair de leurs canons dans la brume a jailli,
Et le hourra poussé par l'immense colonne,
Réveillant les échos, dans la plaine résonne.

    Sur la droite déjà les soldats du Piémont,
Dans un sublime élan les attaquent de front,
Herbillon aussitôt à travers la mitraille,
Improvise en courant le plan de la bataille,
Ici Camou paraît, là le brave Faucheux,
De Failly, Cler, Wimpffen bondissent auprès d'eux,
Donay, Polhès, Danner, que le courage emporte
Frémissent d'impatience au front de leur cohorte,
Et Trotti, Castagny, Forgeot, que rien n'abat,
Aux postes périlleux sont prêts pour le combat....
Pélissier qui les voit et connaît leur vaillance,
Admire avec orgueil les enfants de la France.

    Le tambour bat la charge, et tous, croisant le fer,
Sur les Russes d'un bond fondent comme l'éclair...
Tel un vaste torrent que l'ouragan déchaîne
Rompt sa digue impuissante et dévaste la plaine,
L'ennemi culbuté roule dans les ravins,
Trois fois revient, trois fois ses efforts restent vains,
Enfin de l'artilleur la rapide volée
Des bataillons du Czar délivre la vallée,
Leurs cadavres sanglants que le canon broya,

En refoulant ses eaux, comblent la Tchernaïa.
Et le soldat français, fidèle à son histoire,
Change un nom de bataille en un nom de victoire !....

CHANT HUITIÈME ET DERNIER.

Préparatifs de l'assaut. — Ordre du jour du général en chef. —
Dénombrement des généraux. — Attaque. — Prise de la tour
Malakoff. — Rostopchin. — Incendie et destruction de Sébasto-
pol. — Destruction de la flotte russe. — Paix. — Conclusion.

Pendant que l'ennemi fuit devant nos héros,
Niel a terminé ses immenses travaux [1] ;
De Karabelnaïa jusqu'à la Quarantaine,
Le génie a tracé la route souterraine
D'où, vomissant la mort par ses flancs entr'ouverts,
Sept cents bouches de bronze ont ébranlé les airs ;
Tout est prêt pour l'assaut : les gabions, les fascines,
Les engins d'escalade et les fourneaux de mines ;
La brèche aussi présente un accès aux remparts.
Pélissier, dont le cœur gémit des longs retards,
Fait entendre ces mots à sa vaillante armée :
» Enfants, dont la valeur à vaincre accoutumée,
» Au camp russe a semé la terreur tant de fois,

[1] Les cheminements exécutés en partie dans le roc pré-
sentent un développement de plus de 80 kilomètres; on a em-
ployé 80,000 gabions, 60,000 fascines et 1,000,000 de sacs
de terre. Jamais génie n'a exécuté d'aussi immenses travaux.

» La France et l'Empereur admirent vos exploits,

» Pour couronner votre œuvre il vous reste à soumettre

» Cette ville où le Czar domine encore en maître ;

» C'est assez d'un long siége essuyer les ennuis,

» Passer devant ces murs et vos jours et vos nuits,

» Vous allez sur ces tours bondir avec audace,

» C'est là, dans Malakoff[1], qu'est la clé de la place,

» Avant la fin du jour, intrépides soldats,

» Vos aigles vont flotter au fort Saint-Nicolas[2],

» Et montrer à l'Europe, attentive à vos peines,

» Que le sang d'Austerlitz coule pur dans vos veines ;

» Dédaignant les assauts aux heures du sommeil,

» Compagnons, soyez fiers de combattre au soleil,

[1] Le fort Malakoff a 350 mètres de long sur 150 de large; ses parapets ont plus de 6 mètres de relief au-dessus du sol, et en avant d'eux se trouve un fossé qui, devant nos attaques, a 6 mètres de profondeur et 7 de largeur; il est armé de 62 pièces de gros calibre. Dans la partie antérieure se trouve, enveloppée par le parapet, la tour Malakoff, dont les Russes n'ont conservé que le rez-de-chaussée, qui est crénelé; à l'intérieur de l'ouvrage l'ennemi a élevé une multitude de traverses sous lesquelles sont d'excellents blindages, où la garnison, qui est de 25,000 hommes trouve de bons abris. En arrière de la tour Malakoff se dresse un ouvrage (redoute Korniloff des Russes) ; c'est une très forte citadelle en terre, qui occupe tout un mamelon dominant l'intérieur du faubourg Karabelnaïa. Le front de Malakoff a 1,000 mètres de longueur et est très puissamment armé.

(Rapport du général Niel.)

[2] Le fort Saint-Nicolas, armé de 192 pièces de gros calibre, est situé à l'angle de la baie de l'Artillerie, entre le fort Alexandre de 64 canons et le fort Saint-Paul de 80 ; il occupe un espace circulaire de plus de 400 mètres; c'est un Français, le marquis de Travercy, qui en a complété la défense sous Alexandre [1er]. On peut juger de l'importance de la solidité de sa construction, en pensant que les Français, qui s'en sont rendus maîtres, ont dû employer, pour le faire sauter, 100,000 kilogrammes de poudre.

» Sébastopol tombé, c'est à nous la Crimée !.... »
Il dit : Ces fiers accents électrisent l'armée,
Et les aides-de-camp excitant leurs coursiers,
Portent l'ordre du chef à chacun des guerriers.

Au front de Malakoff, que son ardeur convoite,
Le brave Mac-Mahon s'aligne sur la droite;
Dulac, qui des soldats sait entraîner l'élan,
N'attend que le signal pour bondir au Rédan,
La Motterouge, fier du rang qu'on lui destine,
Reçoit l'insigne honneur d'attaquer la Courtine.
Autour de ces héros, audacieux Titans,
Se pressent pleins d'ardeur d'illustres combattants :
Bourbaki fait briller sa redoutable épée
Qu'au combat d'Inkermann le sang russe a trempée,
Ici Saint-Pol, Brisson ; là Vinois, de Liniers,
Marolles, qui conduit ses fougueux grenadiers,
Paté, Trochu, Rivet, Breton et l'Espinasse,
Ont peine à contenir leur belliqueuse audace ;
Mellinet de la garde a rangé les soldats,
Le brave Pontevès s'élance sur ses pas,
Et dans ce champ d'honneur, au milieu des plus braves,
L'œil reconnaît Uhrich qui commande les zouaves.
Mais, les dominant tous, quel est ce fier guerrier
Qui presse avec vigueur les flancs de son coursier ?
Qu'il est majestueux ! son maintien noble et digne
Au plomb de l'ennemi comme un but le désigne;
Avec un calme orgueil il porte ses regards
De la longue tranchée au sommet des remparts ;
De glorieux combats son âme fascinée,
Combine les succès de la lutte acharnée.

4

Ce héros, c'est Bosquet !.... c'est l'Achille bouillant,
L'enfant de la Victoire et l'idole du camp ;
Il s'apprête à voler, à travers la mitraille,
Où son bras doit fixer le sort de la bataille.....

Sur la gauche, élevant son fronton colossal,
Un fort surgit dans l'air, c'est le bastion Central,
De Salles et Vaillant sur ses tours orgueilleuses
Brûlent d'aller planter leurs aigles glorieuses,
Et, saisissant du chef la grandeur des desseins,
Vont lancer en avant leurs hardis fantassins.

Au centre sont placés les fiers hommes de guerre
Qu'a choisis dans son sein la superbe Angleterre :
Villiams Codrington se distingue entre tous,
Markam qui vient de l'Inde à ce grand rendez-vous,
Sous l'or tressé qui court sur son frac écarlate
Apporte un noble cœur où le courage éclate ;
L'Italie, elle aussi, vient s'unir aux Anglais,
Au rang des highlanders mêle ses Piémontais,
Voilà Cialdini, c'est sa brigade noire
Qui réclame à l'assaut sa part de la victoire,
Tous sont rivaux d'ardeur; le grand Rédan, ses forts,
De nos braves alliés sont le but des efforts.

Midi sonne, midi, c'est l'heure solennelle :
Des hauteurs de Brancion la fusée étincelle [1],
Aussitôt les soldats, par les chefs excités,
Dans un sublime élan se sont précipités.

[1] La redoute du Mamelon-Vert est appelée redoute Brancion, du nom du colonel Brancion, qui y trouva une mort
glorieuse à l'assaut du 6 juin. C'est là qu'est établi le général en chef.

Le tambour bat la charge et la trompette sonne.
Alors, pour écraser l'assaillante colonne,
Gortschakoff la foudroie avec un feu d'enfer,
Lance au milieu des rangs mille ouragans de fer ;
La mitraille qui vole, intense et meurtrière,
Est pour nos bataillons une vaine barrière ;
A travers ses éclats empressés de courir,
Tous n'ont qu'une pensée : arriver ou mourir.
C'est peu que le canon des remparts vous décime ,
O généreux enfants au courage sublime !
Les volcans souterrains, que la science inventa,
S'entr'ouvrent sous vos pieds au signal de Volta,
Et le chemin, trompant votre audace ignorante,
Mêle aux boulets des forts sa lave dévorante,
Vous tombez !... mais le cœur de la France pour vous
Sera le Panthéon où vous revivrez tous !
    Ceux qu'épargne le plomb dans la lutte fatale
Du camp au glacis russe ont franchi l'intervalle,
A la voix de Dalesme, au plus fort du combat,
Sur les fossés profonds le pont volant s'abat,
Chacun s'y précipite, et bouillant de courage,
Se dispute l'honneur du périlleux passage ;
D'autres, d'un bond agile, aux rochers suspendus,
Se cramponnent des mains et grimpent aux talus,
Quand la foule impatiente à trouver une voie
S'entasse avec ardeur sur l'échelle qui ploie.
Ivres d'enthousiasme ils atteignent les forts,
La fusillade cesse, on combat corps à corps,
De nombreux défenseurs le rempart se couronne,
Mais les soldats français, que nul danger n'étonne,

Contre ce mur d'acier s'élancent furieux,
Cherchent, en le rompant, un chemin glorieux.
L'un pour grimper saisit d'une main acharnée
La baïonnette russe à son flanc destinée,
L'autre, d'un long circuit, dédaignant le détour,
Sur un canon fumant escalade la tour.
Tel un tigre blessé, forcé dans son repaire,
Déchire les chasseurs sous sa dent sanguinaire,
Tels, les soldats du Czar par nos troupes serrés,
Précipitent partout leurs coups désespérés.
Le premier, Mac-Mahon, a bondi dans la place :
Une immense clameur s'élève dans l'espace,
Et le drapeau français par les balles criblé,
Flotte sur Malakoff noblement mutilé.

Bientôt le jour s'enfuit ; la nuit dans les ténèbres,
Sur ce champ de douleurs tend ses voiles funèbres ;
Gortschakoff dont l'échec a chassé le sommeil,
Mande ses lieutenants, qu'il assemble en conseil ;
On s'agite, on discute, et dans la nuit propice,
Chacun veut que la fuite en ordre s'accomplisse.
Ils vont exécuter ce pénible projet.
L'ombre de Rostopchin [1] au même instant paraît :
« Que faites-vous ? dit-elle ; à vos âmes viriles
« Pourquoi donc imprimer des terreurs puériles ?
« Si le sort des combats vous poursuit de ses coups,
« Au moins avant de fuir, en Russes vengez-vous !
« Sous les yeux des alliés allez réduire en cendre

---

[1] Le Comte Rostopchin, gouverneur de Moscou, fit brûler la ville en 1812, au moment où les Français allaient s'en emparer.

« Cette Sébastopol qui n'a pu se défendre,
« Rappelez-vous Moscou ! que demain Pélissier
« Ne trouve plus ici qu'un immense brasier » !
Le chef a répondu : « Tu vas être obéie. »
Et l'ombre s'évapore en la brume épaissie,
Bientôt mille soldats, une torche à la main,
Vont chercher dans la ville un lugubre chemin ;
Là, parmi les débris, leur noire perfidie
Sur les maisons debout allume l'incendie
Qui monte vers le ciel, et, rapide torrent,
Trace d'ardents sillons et s'allonge en courant;
Sa fureur dévorante à travers la fumée,
Lèche les toits aigus de sa langue affamée,
Et le sol qui recèle un ténébreux trépas,
Dans les convulsions s'agite avec fracas ;
L'étincelle électrique entr'ouvrant ses entrailles,
Déchire le ciment des épaisses murailles,
Lance au milieu des airs des débris enflammés
Qui retombent au loin à moitié consumés ;
Des palais de granit les fondements s'écroulent ;
Les rochers ébranlés et se brisent et roulent ;
Arrachés par le choc les orgueilleux remparts
Ne sont plus qu'un amas de décombres épars ;
Et les alliés, saisis d'une muette extase,
Sentent que la Crimée oscille sur sa base.

Au tonnerre qui gronde au sein de la cité
L'écho de Kamiesch répond épouvanté,
Et la flotte du Czar réduite à l'impuissance,
Immobile témoin de ce désastre immense,
Captive dans le port, aux yeux des matelots,

Pour fuir le déshonneur s'engloutit dans les flots.....
Ainsi rentre au néant cette ville superbe ;
Où se dressaient ses tours, bientôt poussera l'herbe,
Où venaient se heurter de fougueux bataillons,
Dans peu le laboureur tracera ses sillons,
Et signe de l'oubli, sur la pierre mousseuse
Le lierre jettera sa tige sarmenteuse ;
Le pâtre, un jour, montrant le sol d'un doigt distrait,
Au pèlerin dira: c'est ici qu'elle était.

France, bondis d'orgueil, ton héroïque armée,
Aux yeux du monde entier grandit ta renommée,
Avec calme et comptant sur tes fils aguerris,
Attends le dernier mot du Congrès de Paris.

Entends-tu le canon qui tonne aux Invalides ?
Annonce-t-il encore aux nations avides
Un triomphe nouveau par le sang acheté ?
Non, c'est un cri de paix que sa bouche a jeté ;
Sa grande voix a dit : Peuples, vivez sans crainte,
A vous rendre la paix la Russie est contrainte.
Mais nous, pour mieux l'asseoir, prions Dieu de bénir
L'enfant impérial, l'espoir de l'avenir.

FIN.

www.ingramcontent.com/pod-product-compliance
Lightning Source LLC
Chambersburg PA
CBHW060817180626
46818CB00002B/853